AF315875

SONNETS

SVR LA NAISSANCE

DE MONSEIGNEVR

LE PRINCE:

Preſentez

A MADAME.

A PARIS,

M. DC. L.

AVEC PERMISSION.

A MADAME.

ADAME,

De tout ce que l'on offrit iamais à Voſtre ALTESSE
ROYALE, rien n'eſt plus
abſolument à elle que ce petit
ouurage. Le ſujet eſt voſtre,
puis que c'eſt vn Prince, dont

vous estes la Mere: L'Autheur est à Vous par l'honneur qu'il a d'estre vostre domestique; l'ouurage vous appartient, comme la production d'vne personne vostre; & comme vn don, quoy qu'indigne, que fait,

MADAME,

A Vostre Altesse Royale,

Son tres-humble, tres-obeyssant,
& tres-fidele seruiteur,

AV LECTEVR.

CES vers, qui ne ſont autre choſe qu'vn Hymne de naiſſance, ſont diuiſez en deux parties, chacune de ſept Sonnets, toutes deux finies par vn Sonnet de concluſion, qui fait le quinziéme. La premiere partie eſt pour le petit Prince; & traite le ſujet en general : la ſeconde l'applique en particulier à la famille Royale; Sçauoir au Roy, à la Reyne, à Monſeigneur le Duc d'Anjou, à Monſeigneur le Duc d'Orleans, à Madame; à Mademoiſelle, à Mademoiſelle d'Orleans. Au reſte la maniere de traiter vn ſujet par pieces détachées n'eſt pas nouuelle, & les Sonnets de Petrarque & de Ronſard nous ſeruent icy d'exemple de defenſe.

POVR LE PETIT PRINCE.

PREMIERE PARTIE.

PREMIER SONNET.

V N Amour vient de naître, on le voit à ses charmes,
Aux jeux, aux passe-temps qui naissent auec luy,
A ces beaux yeux serains qui calment nôtre ennuy,
Et qui n'ont rien d'humain que l'vsage des larmes.

Son pere est le Dieu Mars, qui preside aux alarmes,
Le diuin Protecteur, dont le bras aujourd'huy
De l'Estat chancelant est le plus ferme appuy,
L'Arbitre des combats & le chef de nos armes.

Venus.
Vranie. *Venus a mis au jour ce gage precieux;*
Mais la sainte Venus qui naquit dans les Cieux,
Toute pleine d'attraits, de vertus & de graces.

Auant ce bel Enfant trois Sœurs ont veu le jour;
Comme on vit autrefois la naissance des Graces
Predire & deuancer la naissance d'Amour.

II.

D'OV *naiſt à l'Orient l'Aſtre que j'aperçoy,*
Qu'il ſemble qu'à l'enuy toute la terre adore,
Et qui vient de remplir de lumiere & d'effroy,
Les riues de Calis, & celles du Boſphore.

C'eſt toy fils de GASTON *jeune ſang de mon* ROY,
Que d'vn ſalut commun tout l'vniuers honore;
C'eſt toy neveu D'HENRY, *neveu de* GODEFROY,
La terreur de l'Eſpagne, & la terreur du More.

En toy, Prince, GASTON *reçoit vn ſucceſſeur,*
La ville vn Citoyen, l'Eſtat vn defenſeur,
La famille Royale vn fleuron de ſa tige.

Tous les ſujets vn Prince & les Roys vn parent:
La Caſtille vn vainqueur, l'Europe vn conquerant:
La terre vn ornement, & le Ciel vn prodige.

I I I.

IE voy couler des airs la triomphante Iris,
Mille diuinitez, descendent de la nuë,
Et pour solemniser cette heureuse venuë,
Le Ciel mesle sa pompe à celle de Paris.

I'aperçoy sur les fleurs Zephire & sa Cloris,
La trouppe des Amours de Cythere venuë,
Sur des aislerons peints dans les airs soutenuë,
Ramene icy les Ieux, les Graces & les Ris.

Les Nymphes de la Seyne à demy découuertes,
Sous des voiles de lin & des simarres vertes,
Pour honorer la feste accourent sur les eaux.

Et le grand Dieu du fleuue en maintenant la trompe,
Ceint d'vn mainteau d'azur, couronné de roseaux,
Guide son char volant au milieu de la pompe.

I V.

A Ce jour bien-heureux d'allegresse & d'amour
Dessus tout l'Horizon la tempeste est calmée ;
A cette grande Feste on voit toute la Cour
Reprendre en vn moment sa grace accoûtumée.

Tout l'Vniuers conspire à la pompe du Iour,
De feux de tous costez la Terre est allumée,
L'Onde resonne au bruit du cor & du tambour,
L'Air se trouble de cris & le Ciel de fumée.

O glorieux Enfant ! quel sera ton renom ?
Auec combien de lustre & de magnificence
Doit éclater vn jour la gloire de ton Nom ?

Si déja le triomphe est joint à ta Naissance,
Et si dans l'Vniuers on apprend ton Enfance
Par le bruit des tambours & la voix du canon.

C

V.

Magnifique Palais, l'honneur de l'Vniuers,
Superbe Luxembourg, Edifices illuſtres,
Sales, Voûtes, Lambris d'or & d'azur couuerts,
Vous allez pour iamais briller de nouueaux luſtres.

Beaux Parterres, beaux Prez, Iardins, Bocages verts,
Fontaines, claires Eaux, Marbres, riches Baluſtres,
Ceſſez de redouter la rigueur des Hyuers,
Ou l'ombrage des nuits, ou la courſe des Luſtres.

Puis qu'en vous pour iamais naiſt vn nouueau Soleil,
Au beau Soleil du Monde en qualitez pareil,
Vous garderez toûjours l'éclat & la verdure.

Loin de toute tempeſte & de tout accident,
Vos jours calmes & doux n'auront plus d'Occident,
Et vos belles ſaiſons d'Hyuer ny de froidure.

VI.

VN Oracle donné par vn Chesne d'Epire,
   Predit de la façon la fin de nos malheurs,
Qu'vne Profonde Paix calmeroit cet Empire,
Quand vne Fleur naistroit du germe de deux Fleurs.

La France vainement depuis ce jour soûpire
Apres ce temps promis qui doit tarir ses pleurs ;
Mais enfin aujourdhuy justement elle aspire
Au terme desiré de ses longues douleurs.

C'est toy, fatal Enfant, qui feras ce miracle,
Il n'en faut plus douter, c'est sur toy que l'Oracle
Establit de l'Estat & l'esperance & l'heur.

Fils de Gaston de France, & Fils de Marguerite,
Fleur qu'vne Fleur produit d'vne Royale Fleur,
Fleur rejetton du Lys & de la Marguerite.

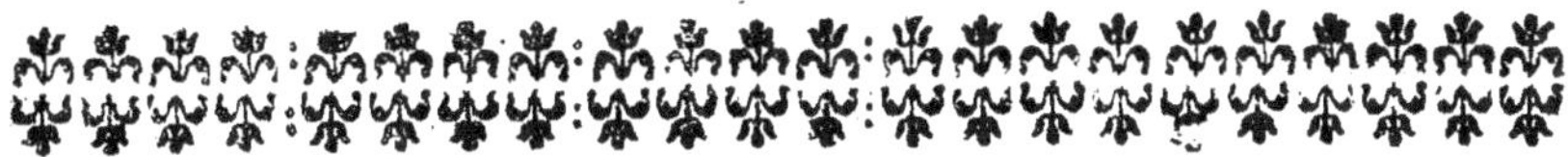

VII.

Dans l'attente d'vn Fils heritier de Gaston,
La France quatre fois en son espoir deceuë,
De cet Enfantement voulant sçauoir l'issuë,
A la bonne Lucine eut recours, ce dit-on.

Ce fruit, dit la Deesse, est vn vray rejetton;
Reyne, ton esperance est justement conceuë,
La Couronne des Lys de deux Fleurons tissuë,
Recéura cette fois son troisiéme bouton.

Enfin voyant ce Fils l'objet de son enuie,
Elle voulut sçauoir l'histoire de sa vie,
Et quel seroit vn jour ce bien-heureux Enfant.

Belle Nymphe des Lys, luy répondit Lucine,
On iuge de la Fleur par sa noble racine,
Il est Fils de nos Roys, il sera triomphant.

POVR LA FAMILLE ROYALE.

SECONDE PARTIE.

VIII.

AV ROY.

Voy ce qu'à ta grandeur, Illuſtre Potentat,
Gaſton & Marguerite apportent de croiſſance,
Et ſçache ce qu'au Ciel doit ta reconnoiſſance
Pour auoir de ce couple honoré ton Eſtat.

Gaſton, par ſes conſeils, tient le Sceptre en eſtat,
Il defend ta frontiere, il accroit ta puiſſance,
Soumet les reuoltez, à ton obeïſſance,
Et des Ambitieux reprime l'attentat.

Marguerite à l'enuy, pour gloire & pour richeſſes,
Te donne vn jeune Prince, & trois belles Princeſſes,
Qui ſeront quelque jour tes plus nobles vainqueurs.

Les Filles qui déja font preuue de leurs charmes,
Par le droiɛt de l'Amour regneront ſur les cœurs,
Et le Fils ſur les corps, par celuy de tes Armes.

D

IX.

A LA REYNE.

NE t'émerueille plus, grande Reyne des Lys,
Si malgré ta sagesse & ton intelligence,
Tant d'accidens nouueaux affligent ta Regence,
Et si de tant de maux tes jours sont assaillis.

Que de troubles diuers ils fussent accueillis,
C'estoit l'Arrest fatal de ton Intelligence ;
Mais enfin ta douleur trouue son allegeance,
Tes beaux jours sont venus, & tes mal-heurs faillis.

Comme vn Rosier chāpestre, ou cōme vne Aubepine,
Le Lys ne produisoit qu'auortons & qu'épine,
Sa tige, à dire vray, sembloit vn sauuageon.

Mais croy que desormais les destins équitables,
Puis qu'ils en ont fait naistre vn si noble surgeon,
Ne luy feront germer que des fleurs veritables.

X.

A MONSEIGNEVR
LE DVC D'ANIOV.

V Prince nouueau né l'on fait vne Couronne,
*Q*ue forment les presens de tout cet Vniuers,
ont les charmantes fleurs, & les rameaux diuers,
urpassent les odeurs du Thin & de l'Auronne.

Le Ciel, qu'il a calmé, de Palmes l'enuironne,
a Terre d'Oliuiers eternellement verts,
a France de Lys blancs échappez des Hyuers,
aris son lieu natal, de Chesne le couronne.

Louis d'Ache nouuelle honore son Guerrier,
'inuincible Gaston luy fournit le Laurier,
es quatre jeunes Sœurs les Roses de sa tresse.

Et toy, Prince Royal, à ce bien-heureux jeur,
arce qu'il naist vn Frere à ta jeune Maistresse,
'est à toy de fournir les Myrthes de l'Amour.

X I.

A SON

ALTESSE ROYALE.

Gaston, connoy du Ciel la sage prouidence,
Lassé de t'éprouuer il finit ton mal-heur;
Et t'ayant rétably dans vn estat meilleur,
Permet à ta vertu d'agir en euidence.

Apres il te fournit auec plus d'abondance
De glorieux sujets d'exercer ta valeur,
Et de produire au jour, sans voile & sans couleur,
Ce qu'il celoit en toy d'esprit & de prudence.

Ayant fait voir ainsi, par de fameux trauaux,
Tes merites cachez, & le prix que tu vaux,
Ayant rendu ta gloire enfin démesurée,

Ne pouuant ajoûter à son infinité,
Sa main te donne vn Fils qui la croit en durée,
Et porte ton renom dedans l'eternité.

XII.

A MADAME.

Qvand ie pése aux malheurs, illustre Marguerite,
Que contre ta vertu l'Enfer a suscitez;
Quand ie veux estimer le prix qu'elle merite
De n'auoir pas fléchy sous tant d'aduersitez,

Contre l'injuste Ciel iustement ie m'irrite,
Et ne puis conceuoir quelles prosperitez,
Egaleront iamais la fortune au merite,
Et vaincront les trauaux par les felicitez.

Mais lors que ie te vois, ô Princesse adorable,
L'Epouse de Gaston, d'vn Prince incomparable,
Et la Mere d'vn Fils Neveu de tant de Roys.

En mon ame rauy de cet heureux partage,
Ie dis, le Ciel est juste & fait de justes Loix,
Il ne deuoit pas moins, il n'a pû dauantage.

E

✿✿✿✿✿✿✿✿✿✿✿✿✿✿✿✿✿✿✿✿✿✿✿✿✿✿

XIII.

A MADAMOISELLE.

PRinceſſe, ta Grandeur nous eſt aſſez connuë,
   Aſſez toute la Cour en ſçait la verité;
Ta gloire parmy nous a volé ſur la nuë,
Va l'immortaliſer en ta poſterité.

   C'eſt trop à ton Amant, differé ta venuë,
Et retardé ta gloire & ſa felicité;
Nos vœux & noſtre amour aſſez t'ont retenuë,
Va remplir deſormais le Trône merité.

   Quand ton Pere Gaſton dans ſa Maiſon illuſtre
Auoit beſoin de toy pour ſoûtenir ſon luſtre,
Le Ciel n'a pas voulu t'enleuer de ſes mains.

   Maintenant que d'vn Fils ſa main le fauoriſe,
Loin de te retenir, luy-meſme il authoriſe
Le deſtin qui t'appelle au Sceptre des Romains.

XIV.

A MADAMOISELLE
D'ORLEANS.

*B*Eaux yeux, Aftres naiffants, qui dés voftre matin
A peine feulement fortis du fein de l'onde,
Brillez, d'vne clarté qui n'a point de feconde,
Et qui charmez les Roys d'vn regard enfantin.

Beaux yeux, il eft bien vray que c'eft voftre deftin
D'affujettir vn jour les Souuerains du monde;
Mais afin que l'effet aux promeffes réponde,
Haftez-vous deformais d'en faire le butin.

Non pas que vos Riuaux auec toute leur gloire
Vous puiffent difputer cette noble victoire;
Mais il naift à Gafton vn jeune fucceffeur.

Et mefurant fa force à celle de fon Pere,
Nous craignons qu'auant peu la beauté de la Sœur
Se laiffe preuenir par la valeur du Frere.

CONCLVSION.

XV.

A SON
ALTESSE ROYALE.

Tandis que nous verſons le Nectar & les fleurs
Sur le Prince Royal que le Ciel nous fait naiſtre,
Le pitoyable Enfant ne verſe que des pleurs,
Et plaint noſtre malheur qu'il ſemble reconneſtre.

Gaſton, c'eſt à toy ſeul à calmer ſes douleurs,
C'eſt peu de luy donner & la Grandeur & l'eſtre,
Si tu ne le fais viure en des ſiecles meilleurs,
Pareils à l'Age d'or où vécut ſon Anceſtre.

Ne donner point de terme à tes exploits Guerriers,
Ajoûter à ton front Lauriers deſſus Lauriers,
Aſpirer ſans relâche à la gloire ſuprême,

Porter à l'Vniuers la Guerre & les défis,
Eſt ce que tu déurois en faueur de toy-meſme;
Mais tu nous dois la Paix en faueur de ton Fils.

FIN.